Chut! Mon frère fait dodo!

Ruth Ohi

Texte français d'Isabelle Allard

Éditions SCHOLASTIC

Pour Kaarel

2

Chut! Mon frère fait dodo!
Il n'arrêtait pas de pleurnicher,
il avait besoin de repos.
Il dort enfin à poings fermés.

Il fait beaucoup de bruit,
il ouvre la bouche en dormant,
mais maman m'a interdit
de mettre des choses dedans.

Chut! Ton frère fait dodo!

Je dois être vraiment sage
et marcher à pas de souris.
Je ne dois pas faire de tapage
quand mon frère est endormi.

Chut! Ton frère fait dodo!

La lecture, ce n'est pas bruyant.
Les histoires me rendent rêveur...

Mais je me sauve en criant
quand un livre me fait peur.

Chut! Ton frère fait dodo!

La peinture, ce n'est pas bruyant.
Je mets du rouge, du bleu, du vert...

Mais surtout, m'a dit maman,
ne barbouille pas ton p'tit frère.

Chut! Ton frère fait dodo!

Alors je m'amuse, bien tranquille,
avec mon jeu de construction...

18

Et je crée une petite ville
avec de très hautes maisons.

Oups!

Je ne voulais pas le réveiller,
je ne l'ai pas fait exprès!
Mais maintenant qu'il est reposé,
sortons tous nos jouets!

ZZZ...

Chut! Mon frère fait dodo!

Catalogage avant publication de Bibliothèque et Archives Canada

Ohi, Ruth
[Shh! My brother's napping. Français]
    Chut! Mon frère fait dodo / Ruth Ohi ; texte français d'Isabelle Allard.

Traduction de: Shh! My brother's napping.
ISBN 978-1-4431-1995-5 (couverture souple)

        I. Allard, Isabelle, traducteur II. Titre. III. Titre: Shh! My Brother's
napping. Français.

PS8579.H47S5514 2014   jC813'.6   C2013-905972-5

Photo de l'auteure : Annie T.

Édition publiée par les Éditions Scholastic, 604, rue King Ouest,
Toronto (Ontario) M5V 1E1 CANADA.

5 4 3 2 1   Imprimé en Malaisie 108   14 15 16 17 18